Obra de Gabriel García Márquez
1987

Diatriba de amor contra un hombre sentado

向坐着的人指控爱情

〔哥伦比亚〕加西亚·马尔克斯 —— 著
侯健 —— 译

Diatriba
de amor
contra un hombre
sentado

南海出版公司

新经典文化股份有限公司
www.readinglife.com
出 品

向坐着的人指控爱情

[第三次喊场前,大幕还未升上,大厅的灯还亮着。舞台后方传来餐具砸在地上摔碎的声音。那不是一种混乱无序的破坏行为,反倒更像是按照事先准备与计划有意为之,甚至从某种角度来看还带着些许欢愉。不过,其源头毫无疑问是一股难以平息的怒火。

[这场灾难结束后,幕布升起,舞台一片黑暗。

[窗外天还黑着。格拉西耶拉在黑暗中划了根火柴,准备点燃香烟,以骤然擦出的火花为信号,整个舞台也开始慢慢亮起:场景是有钱人家

的卧室，里面装配了几件有格调的现代家具。一个旧衣帽架上面挂着格拉西耶拉将在独白过程中陆续换上的几身衣服。衣帽架在演出中一直立在固定位置。

［基本舞台是一个素雅的空间，但具体的时空场景会随着唯一的主人公的情绪起伏而发生变动。在独白时，主人公自己有时也要按需完成必要的步骤，以改变场景。有时一个隐秘的仆人会在黑暗中走上舞台，进行场景变更。

［舞台最右端，一动不动的丈夫坐在英式扶手椅上，身穿深色西服，用翻开的报纸挡住脸，假装正在阅读。他是个人体模型。

［在不同的场景中会出现水杯、水壶、火柴盒、香烟盒或雪茄烟盒。格拉西耶拉想喝水时就喝水，也可以在感受到不可抵抗的欲望时随时吸

烟，然后就近把烟熄灭在烟灰缸里。这可以只是一种习惯，导演也可就此设计更多细节，以适应不同情节的需要。

　　[剧情发生在一九七八年八月三日黎明前，格拉西耶拉和丈夫刚吃完晚饭回到家。故事背景设置在加勒比海地区的一座城市，这里哪怕是阴凉处，气温也可以达到三十五度，相对湿度百分之九十。格拉西耶拉身穿炎热地区常见的简单套装，佩戴着日常的首饰。尽管化了浓妆，但她看上去仍面色苍白，还有些颤抖。可她始终保持着绝望之人的那种漠然的克制。

格拉西耶拉

　　没有什么比一段幸福的婚姻更像地狱了！

〔把手提包扔到一把扶手椅上，随手从地上捡起下午送来的报纸，快速翻看几眼，然后把它丢到手提包旁。取下首饰，把它们放到舞台中央的桌子上。

只有人性未泯的上帝才会在咱们银婚纪念日这天让我明白这个道理。我还得谢谢他给了我一切，让我能在这要命的二十五年里日复一日地安享自己的愚蠢。他给了我一切，甚至给了我一个坑蒙拐骗、好吃懒做的儿子，跟他爹一样混账！

〔坐下来，开始抽烟，脱掉鞋子，陷入沉思，然后用低沉、紧张而单调的语气再度纠结起来，开始了一连串无休止的责备。

你是怎么想的？你觉得我们会在最后一刻把这场今年大家谈论最多的聚会取消，好让我当个恶人背上骂名，而你则沐浴在漂着玫瑰花瓣的水里？哈，哈。你永远都是受害者对吧！但与此同时，你又拒绝回应我，拒绝像正常人那样跟我讨论问题，拒绝直面我。

[漫长的等待。

行吧，沉默也是一种回应。你就在那儿窝到天荒地老吧，我可是要继续说下去的。

[无情地把烟头在烟灰缸里揉搓直至熄灭，然后开始慢慢脱衣服，但并没有停止独白。

[她的外衫后面有一长排扣子，她没有向丈

夫求助，而是以各种近乎杂耍的动作努力尝试自己解开。不过她最终还是放弃了，抓住外衫领口两侧，用尽全身力气猛地一扯，那排纽扣四散绷落。最后，她脱下长筒袜，光着脚，只穿一件丝绸衬裙。

今天晚上，这个国家有头有脸的人物都会到这里来。也就是说，除穷人之外全都会来，就像你自己在二十五年前高调宣布的那样。当时你发誓说，你会用好生命中的每一分钟来筹备这段世界上最幸福的婚姻的银婚典礼。

那么好了，这一天到了。你别装着对前一天的报纸那么感兴趣了，下午送来的新报纸也不见你读。你现在可以算算，为了实现曾经的傲慢预言，你得花多少钱了。

〔坐下，在灯下读下午的报纸。

一千多个客人，国内国外的都有；四百磅鱼子酱；六十头从日本进口的人工饲养牛；全国所有的火鸡；足以解决公民住房短缺问题的酒（停顿，因为发现自己给出的数据并不严谨）。一条并不算太夸张的坏消息（继续飞速读报）：酒店只接待出示我们邀请函的客人，游客因此抗议。红玫瑰三天前就卖完了，今早一上货，价格翻了十倍。当局提醒民众留意各路罪犯、政治人物和官员，他们都是被这里要举行公共庆典的假消息吸引来的，有的星期一就到了。目前已经有七十多人被抓起来了。

〔又读了一会儿，然后把报纸丢得远远的。

这个国家完蛋了!

(语调积极,给自己打气)这么看所有人都会来的,包括我那些文学圈的朋友,他们会穿得像企鹅一样,就为了在我的荣耀之夜里护卫我。那个女人当然也会来,会第一个来。你是怎么想的呢?你觉得我会小气到不去邀请她吗?哈,哈!既然之前那些不管是倒霉的还是光鲜的周年纪念日她都来了,我想不到理由不邀请她来参加这最有意义的纪念日,也是最后一个周年纪念日。

[远处教堂的弥撒钟声打断了格拉西耶拉的话。她沉默了一会儿,想克制自己的情绪,但是无法抑制内心的激动。

我的老天啊!天都快亮了!一九七八年八月

三日,星期三[1]!谁能想到,在咱们结婚二十五年后,竟然还能一起过八月三日!

从前某个像今天这样的日子里,差不多也是这个点,咱们离开了济贫教派圣胡利安小教堂。你穿着一件用面粉袋子做的衬衫,后背还粘着麦穗,印着工厂商标,而我穿着一件新入教者的长袍,是朋友借给我的,衣服比我常穿的大了两倍,这样人们就注意不到我的情况了。可不管怎么说,我还是在经过某人身边时听到他说了句:"再耽搁几天,孩子都可以当教父了。"

这可太奇怪了!天刚蒙蒙亮,还是紫红色呢,就飞满黑色的鸟儿了,不停地在我们头顶绕圈圈。虽然你现在否认,但你当时说过,恺撒大

---

[1] 或为作者笔误,一九七八年八月三日是星期四。——本书注释均为编者注

帝绝对不会在那么不祥的征兆下结婚,可是你会。奇怪的是,你成功地破除了魔咒。怎么说呢?(有些迷惑状)你让我既幸福又不幸福,那是种没有爱的幸福。这很难理解,但没关系,我明白自己的意思。

［用几乎难以察觉的动作转过头来,第一次盯着自己的丈夫。

(讽刺地)你在等什么呢?等着我飞扑到你的怀抱里,对你为我做的一切感激涕零?等着我向你表达永恒的感激之情,因为你让我披金戴银、荣耀加身?

［紧握拳头,做了个挑衅的动作。

你等着吧!

[又点燃一根香烟,让自己平静下来,与此同时:
[舞台前景出现了一个发光的椭圆形物体,那是梳妆台上的镜子。
[格拉西耶拉面对观众坐在梳妆台的凳子上,她的面孔被框在椭圆形光圈中。思考了一会儿后,叹了口气。

(有些怀念地)生活已经离我们远去了,妈的!

[用双手拉伸面部皮肤,忧伤地回忆起二十五年前的景象。她挺起胸部:那时候的确是这样

的。她对着镜子里的自己说了句什么,虽然没有发出声音,但是观众可以通过她嘴部的动作理解她的意思。

[她凑到镜子跟前,想听听镜中人给出的无法听见的回答,又回头看了看丈夫,确信他没在听她说话。随后她对着镜子无声地说了一句什么。她想笑,但笑不出来:泪水在她的眼睛里打转。

[她试着用手指擦干眼皮,却弄花了脸上的妆。她再也忍不住了,愤怒地做出了反应:

他妈的!

[开始对着镜子卸妆。起初依然带着因自己哭了出来而生出的愤怒,后来则进入了缓慢的反思过程。继续说话,现在不是对着丈夫说了,而

是对着镜中的自己。

　　要不是有日出的话，咱们就会永葆青春了。就是这么回事：天每亮一次，人就变老一点。日落虽说让人沮丧，但能让人为每晚的冒险做好准备——我的那群搞文学的朋友肯定会这么说。日出就不一样了。聚会的时候，一旦我感受到了黎明的寂静，我就会开始察觉身体里有了某种抑制不住的渴望。必须得走了！快点走，闭着眼走，不要看到最后几颗星星。因为如果天亮了我们还穿着参加聚会的衣服在大街上游荡，我们就会一下子老好几岁，永远无法摆脱那些岁月的痕迹了。这就是我不喜欢照相的原因：等到来年再看那些照片的时候，你就会觉得它们是从爷爷奶奶的大箱子里翻出来的。

〔继续卸妆。

我那会儿多大？快三十岁了吧，那个年代三十岁已经不小了，很大了。孩子们常说"就像个三十岁的小老太太一样"。咱们第一次坐夜班列车从日内瓦到罗马的时候，我就已经三十岁了。我们吃了一顿烛光晚餐，还和几对瑞士新婚夫妇打牌，他们都急着输呢，好早点去睡觉。早上六点钟我就醒了，我觉得很幸福，疯了似的想快点见识见识埃斯特别墅里喷泉流水的神奇之处。运气不好啊，我怎么突然之间就瞅见了镜子里的自己呢。太可怕了！我至少老了五岁！黄瓜面膜没用，胎盘糊剂没用，什么都没用，因为那不是皮肤的衰老，而是一个人的灵魂发生了不可挽回的变化。妈的！

太遗憾了，因为火车是唯一人性化的旅行方式。飞机就像是个奇迹，但它飞得太快了，抵达目的地的只不过是人们的躯壳，得像梦游者一样转上两三天，灵魂才会姗姗来迟。

[停下，望了望丈夫，好像听见他说了什么，于是轻蔑地、一个字一个字地说道：

我，不，是，在，跟，你，说，话。

[后来，或许是透过窗户，她注意到天已经开始亮了。

太阳出来了，可真美啊！当然了，和我们过苦日子时候看的日出已经大不相同。但不管怎么说，能看见这样的景象，哪怕只是从这里远望，花上五年寿命也值了。（又开始喃喃自语）哪怕旁边陪着的是个藏在报纸后、一身防腐香的死鬼丈夫，也值了。

［继续看了很久的黎明景色，入了迷，太阳照亮大地的时候，才意识到自己为了看这幅景象牺牲掉了五年的青春。最后叹了口气：

（有些怀念地）我的老天啊，那时候我们是多么幸福！

（对丈夫）要是在末日审判时，你会因为什么而被判罪，那就是因为你在家里拥有过爱情，却不知道该如何辨别它。我愿意用无数个这样的黎明去换一次机会，能再次住到海边那个寒酸的小房子里，闻闻炸鱼的香味，听听那些大中午开着门做爱的黑人妇女的呻吟。那时候咱们两个人睡在同一张吊床上，那张吊床还有足够的空间能再多睡俩人，还有个烧煤的炉子，顶不上什么用，不如没有，还有那间厕所，伴着海味，简直臭气熏天。

[镜子椭圆形的亮光熄灭，房间变成了加勒比海边某个贫民窟里的简陋小屋，家具很少，土里土气，还残破不堪。格拉西耶拉一边收拾一边说话。有张颜色艳丽的吊床，睡觉的时候才会挂起来。背景是一扇窗户，对着光芒闪烁的大海。

[屋子里拉着几根晾衣绳，其实就是几根铁丝，上面只挂了两件男士衬衫。场景里唯一不变的是丈夫的脸还躲在报纸后面。

[当格拉西耶拉从梳妆台前起身的时候,我们可以看到她已经怀有六个月身孕。她没有化妆,穿了条衬裙,头上绑着块布,又回到了刚恋爱时的状态,年轻而贫穷。

一想到妈妈是今晚唯一不会出现的人,我就想用头撞墙。她应该是第一个到场的人,哪怕只是因为她曾经及时提醒我,遗忘带给人的幸福是世界上唯一不需要付出代价的幸福。

要是我继承了她未雨绸缪的美德,看事情能像看玻璃一样清楚透明,那我的人生就会是另一副样子了。尤其是在看穿你的那些事的时候。我们都知道你是哈拉伊斯·德拉维拉家族的叛徒,知道你用祖父母的贵族头衔洗白了自己,知道你吹嘘这座虚假富丽的宅子和你们那高贵的姓氏。

这一切原本足以让我们所有人看清你的本质，可当时只有妈妈没被骗。那时候，在圣拉撒路日的晚会上，我远远地指着留着一头守护天使般金色鬈发的你，早在我明确知道你是那群吵架的醉汉中的哪一个之前，妈妈就警告过我："那个男孩有两副面孔，展示给我们所有人看的这副已经不怎么样了，另一副肯定更糟。"

[提着一篮子湿衣服，数量不多。往铁丝上挂了几件。

我的确没什么家当，但为了你，我也算是放弃了一切。（耸耸肩）好吧，我懂了。你当然从来就没把这些当成牺牲。没有的事！你甚至从来不知道这些事！你知道为什么吗？因为你一辈子都只会为自己的命运长吁短叹。相反，我可是没人替我背十字架，因为我自己会用金汤匙喝鸦片酊。

　　妈妈跟我说过，你不是我的真命天子，不值得我为了你糟践自己。大家都说，生在布里萨斯区的穷姑娘就是天生任性，我当时的确是个穷姑娘，十九岁的年纪，长得不错，但是说起话来满嘴绕口令（模仿起来）：

奥蒂良洗大缸，

大笨球当球王，

占卜师喝迷魂汤。

　　当然了，从某种程度上来说，你算得上当今时尚的先驱，你的头发垂到这里（指向自己的脖子），胡子总像是三天没刮，穿着朝圣者穿的那种凉鞋，脚趾露在外面。早早地就开始注意养生求长寿了：不喝酒，不抽烟，不是地里长的东西就不吃。你大男子主义，没错，这一点跟所有的男人一样，也几乎跟所有的女人一样。在展示这个世界有多么糟糕的方面，你有得天独厚的才华，仗着这个，你现在能把那些正在毁掉这个国家的卑劣政客们宣扬得像英雄一样！用的都是和那时候相同的一套恬不知耻的理由！

如果说我从一开始就和你扯上了关系，那也只是为了报复妈妈，她像骡子一样卖力苦干，把肾都累坏了，先是想让我和有钱人家的千金一起读本科，然后又想让我读博士，随便什么专业，只要能读下来就行。甚至连在你认识了我之后，妈妈还在市场上逢人便夸我优秀，好像她生下我就是为了卖出去一样。

[打开熨烫台，架起炉具加热熨斗，开始熨烫从铁丝上取下的一件干衣服。

临睡时，妈妈会脱掉我身上所有的衣服，以防我想跑去找你，那条蕾梅黛丝圣母像的小链子除外，它保护我免遭一切邪恶——除了你，如果非要较真的话。那时候我像出生时一样赤裸，孤孤单单，没刮过任何地方的毛，那时的人都是这样的。她唯一算漏的一点被我想到了：某天晚上，我从窗户跳进了海湾的死水里，就像我赤条条降临人世时一样，在水里游来游去。多么美妙！没有后面带扣子的紧身衣，没有贞操带，没有乱糟糟卷着边的马达普兰细布内裤，什么都没有，我只是做好了见你的准备，那是个崭新的我，像街头的某条母狗一样在泥水里扑腾。

咱们真是天生一对：你被父母赶出家门，我也被父母赶出家门。尽管一无所有，但我们是幸福的——不像现在，我们什么都有，唯独没有了爱。

[从隔壁房间里传来怀旧的旋律，是用萨克斯吹出来的，不过演奏者像是个学徒，吹得有些生硬。这非常优美的旋律来自一首歌曲，应当是根据那个时代的精神和品位专门创作的。

[格拉西耶拉中断了独白，开始跟随萨克斯的旋律，然后用极低的音量哼唱起了那首歌曲，似乎在努力回想着歌词。最后，歌唱完了，唱得很好，就像专业歌唱家一样。

[在整个演唱过程中,她合上了熨烫台,取下了吊床,将她还是穷人时的生活场景换回现在的场景。

[歌曲结束,场景再次回到开头的房间,此时天色已经大亮。

好吧,我不在意贫穷。恰恰相反,也许我更希望自己还住在那个地方,哪怕孤孤单单,凄凄惨惨,整天被阿玛利亚·佛罗里达的萨克斯吹得晕头转向的。可怜的阿玛利亚,愿上帝让她安息。她一辈子都在学那首萨克斯曲,总是同一首曲子。

[模仿着萨克斯的音色重复了刚才唱过的那首歌的第一小节。高兴地笑了。

有几次我实在受不了了,就冲她喊道(大声):"阿玛利亚!看在上帝的分上,把那根铜管放下吧!"可她总是很严肃地回喊道(大声):"小姑娘,别那么没文化。萨克斯不是铜管乐器。"然后,她继续日夜不停地排练同一首歌。

幸福的确不像人们说的那样只持续片刻,直到结束你才知道自己曾拥有过。事实是,只要有了爱,幸福就会延续,只要有了爱,哪怕死去也是美好的。

[点了支烟。

你还好意思说我是因为上了年纪,醋意越来越大了。省省吧你!天知道我做了多大的努力,不去听关于你那些"冒险"的流言蜚语。有天早上五点钟,你奄奄一息地回来,并不是因为像报纸上后来说的那样有人要绑架你,而是因为你和一个未成年少女在别人家里待了整整一夜,撕烂你衣服的,把你的脸打得伤痕累累的,都是你自己,你只是为了让别人相信你编出来的故事罢了。还有一次,倒是真的有人要绑架你,当时你和罗莎·圣罗曼关在同一辆车子里,太可怕了!那可是圣罗西塔[①]啊,是圣罗曼啊!你们俩挨的揍可不少,而且为了不让那些人在她面前强奸你,你还不知道掏了多少钱出来呢。也许这就是为什么有人给我寄来那些匿名信时,我笑得要死。因为别人只讲你的坏话,讲你好话的人就只有你自己,还没人信你。

  我没放在心上,因为我始终信守结婚时对

[①] 罗莎的昵称。

你说过的话：我不在乎你和谁上床，只要不是跟同一个人就行。但你现在别跟我来这一套，说什么她没有每次都和你上床。和你一起庆祝银婚纪念日的人差一点就是她而不是我了吧。她和她那个脑子有点不正常的丈夫结婚的时间要更久一些，据说他每周都要去一次理发店，"锯锯头上的角"，还老在社会上吹嘘他们的孩子们长着跟哈拉伊斯·德拉维拉同样的阿拉伯式眼睑。最小的那个女孩除外，没人知道她的那头黑发从何而来，这让我觉得——感谢老天——像是有人送了你一碗汤，却是用你自己的巧克力做的。[①]

[①] 西班牙语中，"头上长角"形容另一半出轨，"喝下自己的巧克力做的汤"形容自食其果。

〔有人把当天的报纸从门缝里塞进来。她拿起报纸,放在丈夫身边。

(讽刺地)这是今天的报纸,你可以让手上那份休息休息了,被你读了那么久,它怕是要累坏了吧。

〔似乎被门外某个**微不可闻**的声音打断了。仔细倾听,然后针对宴会筹备相关事项下达了严格的指令:

这样可不行,告诉加斯帕尔按照我们在星期六彩排时定好的做,最后他要是又想到了其他新点子,一切就由他自己决定,明白吗?

［停顿，继续倾听。

对的。请别再打扰我了，也别打扰先生。打电话也不行。就说你们不知道我们去哪儿了。我们忙着呢，不知道要忙到什么时候。
（假笑）谢谢你，布丽吉达。

［开始反省。

我太粗鲁了！八卦杂志肯定会说我们在床上待了一天，以此庆祝我们的银婚纪念日（耸耸肩）。管他呢，又不是真的！我刚才说到哪儿来着？

［此时跳出角色身份，询问观众。

有人记得我刚才在说什么吗?

[观众的回答让她找回了头绪,但在继续独白前,她首先得对帮了忙的观众们说:

万分感谢,但他毕竟是我的丈夫,这是我跟他之间的事,别人干涉不了。抱歉,嗯?

[给自己倒酒,喝了一点。思考片刻后,转向丈夫。

好吧:现在一切都过去了。都结束了!你的"备用"母亲,那个在睡前给你暖袜子,以免你从脚上开始被冻死的母亲,那个用刺绣用的剪刀帮你剪指甲的母亲,那个在你的胯下抹爽身粉,好让你在干那种事的时候那里不要感染溃烂的母亲，那个怀着大爱容忍你醉酒呕吐、容忍你清晨在被子里不停地放臭屁的母亲，那个解决了早在第一天就该被解决掉的问题的母亲，要走人了！妈的，这次我真的要走人了！

［把酒喝完。

要是你不知道的话，我可以告诉你，到八月三号，咱们就已经整整两年没有做爱了。未做爱一周年纪念日那天，你毫无缘由地从洛杉矶打来电话，我把它理解成对周年纪念日的表态。但今年你人在这里，一直窝着读报纸，读到这么晚了，我则翻看老杂志，不对，是只翻不看，我在等待你给出信号，可什么都没有！

当然了，我也没想着要勾引你，但我得谈谈这件事。我到现在也感觉自己需要聊聊这事。虽然你忏悔了两年，但你至少依然得承认我有理由生气，因为就在咱们在床上做那种疯狂事的时候，你竟然叫出了别人的名字。不是她的名字，我也记不清你叫的是谁的名字了。我很清楚所有人在做爱时都可能心里想的是别人。谁不是呢？我也一样，我也从没想着只把王冠戴到你一个人头上。但我一直深爱着你，压根儿就不会喊错名字。

我依然认为最合理的做法是在事发当晚就把事情挑明。但是不行，在这个家里不能谈腰部以下的问题。这是禁忌。然后你就靠着墙睡着了，用禁欲来惩罚我。直到今天。两年零十八天了。不过我从今天开始不数了。结束了！

[换话题。

说句实话,我一直担心你会有如此原始的反应。从第一次进这个家门起我就有这种担心了。(短暂思考)好了,说得够多了。实际上,就在你儿子出生后不久,你母亲给我打过电话,只是你不知道罢了。最开始我觉得这是对你的不忠,但后来想也许这对你有好处,最后也会对孩子更好,所以我才来了。现在很难想象我当时是鼓起多大的勇气沿着岸边一路走来,走进这栋房子,我当时觉得这里的地毯是不能踩的,我相信大厅里的拱顶真的是金子做的,护壁板和柱头也都是金子做的,所有镀金的东西都是金子做的。既然你在提到她时总把她描绘成只按自己的想法做事的军队长官,你想想我需要多大的勇气才能和她相处。

［当她开始回忆自己的婆婆时，舞台会变暗。我们会看到一个贵族老妇人坐在维也纳摇椅上，正如格拉西耶拉随后描述的那样，她拿着羽毛扇子，喝着茶，等等。一切略微有点不真实的感觉。当然了，她出现在另一片布景中。

即便进了坟墓，我依然能看到她那天下午身处露台的六出花①花丛中的样子：粉涂得比坐在柳条摇椅上的日本女人还重，身着白纱，戴着六圈珍珠项链，拿着鸵鸟羽毛扇子——到现在我们还是每年都把扇子借给那些选美皇后用。这位奔放的女士做的第一件事就是告诉我，我措辞和发音中的缺陷不是命运造成的，而是懒惰。她问

---

① 百合目六出花科六出花属草本植物，在南美洲有约120个品种。

我要不要喝茶，我说不用了。想想看，我对茶的唯一认知就是小时候妈妈给我抓的退烧药方。但她还是给我倒了茶。"啊，我的孩子，"她对我说道，"你还有很多要学的东西啊。"我觉得她比我想象中的孩子的祖母要更年轻，身材挺拔，神情慵懒，非常漂亮，一双眼睛总像是半睡半醒，睫毛晃动的频率比扇子还高。我喜欢她那双像石蜡一样的手，看上去很忧郁，像是会说话：和你的手一模一样。但她的决心着实吓了我一跳。

我从没见过如此安静的环境。在某个地方有只金丝雀，每次它开始唱歌时，花儿就都会动起来。突然，就在我们谈话的时候，我们听到屋里有人被水呛到的粗重咳嗽声，寂静变得如此深沉，大海静止了，午后静止了，全世界都静止了，我觉得连供人呼吸的空气都没有了。你母亲用指尖轻轻握住杯子，直到咳嗽声消失，然后非常缓慢又神秘地说了句："是他。"后来，在我离开这栋房子时，有人不小心打开了一扇窗户，我无意间看到了他。他是个躺卧着的幽灵，面容憔悴，脸色蜡黄，头上没有一根头发，嘴里没有一颗牙齿，一双巨大的眼睛已经不属于这个世界了。即便是在这种状态下，他还是显得如此威严，说一个词就足以让你魂飞魄散。

你母亲确信他熬不过那个周末了。这才给我打来电话。她跟我提到了你，他们的独生子，提到了注定要成为这个家族唯一孙子的那个孩子，这个家族似乎注定每一代只能有一个孩子，直到有一天某个女性作为唯一的后代降生，这个姓氏也就消亡了。

她决心不惜一切代价，让我们的婚姻合法

化，她伪造了我的出身来历，要把一切家族产业都交给我们，把这个火车站似的地方连同里面的一切都交给我们，唯一的条件就是你来正式乞求你那将死的父亲的原谅。我当时真想跟她说：哈，哈。可我还是回答说我很了解你，太了解了，我认为你不会来，但为了让她高兴，我还是愿意试着说服你。我觉得你死都不会来的。于是她坚定地对我说了句让我有些生气的话："啊，孩子，你还是太嫩了，不能看透男人。"我坚持对她说道："太太，相信我，他不会来的。"她也坚持说道："他会来的，等着看吧。"

[点了支烟。

好吧，结果就是：你来了。

你那么做不是为了我。我确实整晚缠着你，让你来参加葬礼，但我确信你是不会来的。如果不是后来倒了霉——来的时候你尚且是你，回去的时候你就是另一个人了——或许到今天我都还觉得自己当时的做法是对的。太可怕了！只是一场宗教葬礼就让你忘记了饥饿、屈辱和你与这个世界的隔阂。他们剃掉了你天使般的鬈发，还给你刮了胡子，用发胶把你的头发搞成了探戈舞者的样子，还在中间留了个分头，给你套上英式礼服，配上马甲和腰带，还有那枚你再也没有摘下来的带有家族徽章的戒指。更糟糕的是，要不是因为我，你本可以像你的父亲和祖父一样被人们称为侯爵，尽管没人知道这个称号是真是假。真是太让人羞愧了！你回来时，所有人都觉得你还是那个样子，或者像你现在逢人便说的那样：跟你的那位侯爵曾祖父一模一样，甚至连那钢筋水泥般顽固的便秘都和他一模一样。你啊，你的那地方从来就没出过这种问题，刚好相反：你的鸭屁股一刻没闲着！

我爱得疯狂，除了竭尽全力让自己配得上你，还能做什么呢？那么好吧：你拥有了现在这样的我。在这座城市里，虽说人人都是博士，可我是唯一有四个博士头衔的人。我把妈妈的梦想实现了四遍。还不止：我还学了两年法语，两年英语，当然了，学得很差，但你对我说过，真正的世界通用语不是英语，而是蹩脚英语。我还有两个硕士学位：一个是古典文学专业的，论文写的是卡图卢斯作品中的嫉妒；而完成得更好的那个——还获得了荣誉硕士头衔——是修辞学和雄辩术方向的硕士，我用德谟斯提尼的方法纠正了自己的发音，嘴里含着块石头，连续四个小时用六韵步技巧来说话（把食指伸进嘴里模仿）："*¿Quis, quid, ubi, quibus auxiliis, cur, quomodo, quando?*"[①]

搬进这栋房子之后，我失去了学校朋友们的信任，她们曾是我仅有的朋友。我从未得到你的女性朋友们的信任。我最终进入了属于孤独女人的坟墓——我和这些女人唯一的共同点就是不知道自己的丈夫去了哪里。但我很快乐，因为我没什么欲望。你不在身边，我自己去听音乐会，去看电影，去逛慈善集市。我逃往文学圈的聚会，他们把诗句献给我，却没想着要和我上床，我因此避免了受辱。你想想吧。想想我当时为了不被

[①] 拉丁语，意为"何人""何物""何地""以何方式""为何""如何""何时"。

看低而做出的改变。你轻而易举地解决了问题，半开玩笑半认真地说我把侯爵的事当真了，说我把对你的爱都转移到儿子身上了，说现在我只在睡觉的时候才对床感兴趣，或者更糟，只在装睡的时候才感兴趣。就像你说的，我好像永远在等红灯，我刻意在浴室里耽搁，就是为了等你睡着。我能说什么呢！你每次从外面回来都蔫蔫的。总而言之，时间就在这青涩与成熟的转换之间悄悄溜走了：啪，二十年没了。

[从现在开始，也许一直到暴风雪来临之前，格拉西耶拉会进行一场完整的时装秀，以便决定在宴会上穿哪套衣服。在一面假想的镜子前更换的服装数量、持续时长和换衣方式都由导演按照自己的标准自行决定，服装不必局限于礼服，而

应该体现不同时期、不同风格的特色。也可以忽视这部剧的具体年代,根据戏剧效果和格拉西耶拉的精神状态来选择合适的服饰。

现在,你竟然厚颜无耻地说,全都是我的错,因为我开始学拉丁语了。什么玩意儿!错当然在我,但不是因为拉丁语,也不是因为孩子,而是因为我没有从一开始就看清你的真面目。你知道第一个责备我的人是谁吗?是你母亲。一天下午,她甚至都没想过我知不知道这件事,就对我说:"我理解不了,你为何如此软弱,就那样任由他去找那个爱演戏的荡妇。"我不想让她觉得自己在理。于是我问她:"您知道这事的来龙去脉吗?"她僵硬地答道:"当然不知道,没人知道。""那么我觉得这不是真的,"我这样对她说道,"哪怕是真的,我的身份决定了我应该更信任我丈夫,而不是相信别人。"于是她第一次略带温柔地对我笑了,说:"小心点,孩子,你把自尊和尊严混为一谈了,在这种事情上,这样的疏忽往往是致命的。"

我从很久之前开始就听到那些杂音了。说实话,我在堂桑丘饭店里第一次见到你那位亲爱的她的时候,就觉得你们之间有鬼,或者即将有鬼。你以为我不记得了吗?我记得,那是在美术宫剧院听完鲁宾斯坦①的音乐会后。纪廉·佩德拉萨把她介绍给了你我,或者至少在我面前演了出戏。我当时在你耳边说了句话,不想让别人听见:"她一副不好相处的婊子样。"我看人准不

---

① 阿图尔·鲁宾斯坦(1887—1982),出生于波兰,犹太裔美国钢琴家。下文的"鲁比"为其昵称。

准？老鲁比那时候快八十岁了，在听完了肖邦所有的夜曲和十一重奏之后，凌晨两点钟还喝了四瓶香槟，配着胡椒和洋葱吃了香肠煎蛋，大概这么大（用手比画）。他一如既往地讲述着他的那些波兰故事，但你根本没心思听，你想扭头看她，屁股都坐不稳了。看着你那个样子可真让人难受，所以我才对你说："安生点吧，她已经走了。"当然了，你没发火，因为你很擅长演戏，但是你那细长的鸡脖正因为愤怒而不断颤动：这证明我说到你心坎里去了。不是吗？

[等待着丈夫的回应，但没有等到。

纯属偶然。因为我当时并不知道她是谁，也没必要知道，更没想到谁能给她在舞台上搞到角色演,她就愿意向谁投怀送抱。她是个好演员,千真万确,谁会否认这一点呢。但凭这个就想当这栋房子的女主人,当阔太太?哈,哈。我倒想看看,当你不得不勒紧裤腰带给她冠上你的姓氏的时候,你能得到什么好果子。哈拉伊斯·德拉维拉的新夫人,想想看吧!这么高贵的姓氏给了谁呢?一个想笑就笑,可一笑就露出金色假牙的人,胸罩都撑不起来的一对乳房的主人,一个像脚手架一样"优雅"的人,穿着我宁愿丢进垃圾筐的破烂旧衣服,还得增大好几码,屁股才不至于裂开。

还有人说,你给了她丈夫一大笔钱,让他娶她,说你付给他和庄园里工头一样多的工资来让他出演这场闹剧,让他甘心成为你孩子的父亲。得了吧!所有这些都是虚无缥缈的民间传说!我可是知道真相的,都是一回事,只不过主角不是你,而是我:在戏剧表演结束后把她带到咱们餐桌上的人不是你,是我——当然每次还要再带一个不同的男人;敢于第一次把她请进这栋房子来的人不是你,是我;掏钱让他们结婚、办婚礼的人不是你,是我。好吧:我错了。我本以为这是种聪明的方式,能触动她的良知,结果她的良心和你的一样(用指关节用力敲击某物):你们都是铁石心肠。

[走进浴室,继续独白,我们依然能听到从舞台后方传来的声音。

这么多年来,我一直在忍受那些塞进门缝或夹在汽车挡风玻璃前的匿名纸条,我像个疯子一样对待这种肮脏的恶行,对待访客们的暗示,对待某天早上的某个幽灵电话,告诉我你和她在一起时的确切地址。另一方面,我承认,在发现第一个铁证时,我还是十分震惊,那是不到两年前的一个周日,我们邀请她到庄园里吃午饭。我不记得自己第一次到那里去是什么时候了,在那之后我就发誓再也不去了:我受不了甘蔗酒发酵那股味,也受不了蓝色大麻蝇嗡嗡的叫声,更受不了你逼得工人们卑躬屈膝地干活,只为填饱肚子,你还强迫他们去投票。但是你的幻术又一次迷住了我,现在我知道我为什么会被迷住了:这是命运的安排。

[厕所里传来冲水声,过了一会儿,她又出现了。

一定是这样！因为从我们到达庄园的那一刻起——工人们吵吵嚷嚷，磨坊边一片混乱——人们就不得不把狗拉远，免得它们把我撕成碎片，因为它们之前从没见过我。相反，它们为她开了场盛大的欢迎会，它们舔她的手，在她的双腿之间穿行，摇动尾巴，直到最后，人们不得不用链子把狗锁起来，以免它们爱她爱得发疯。

（极度讽刺地）哪怕如此，我也依然心存疑惑。你知道吗？因为很难接受有人会找比自己妻子丑的女人当情妇。

[突然生起气来。

你想要什么？让我放低身段去街头跟踪你？让我的朋友们监视你？让我像个大嘴巴一样

在你面前喋喋不休？你要知道，在这个世界上，我最讨厌的就是那些喋喋不休的女人，她们没日没夜地唠叨个不停，把她们的丈夫都搞疯了。不对！那是所有男人都想要的东西，所有男人，无一例外。他们都喜欢让女人为他们心生妒意。要是主教祝福了他们，给他们的手上留下了"东方木"香水味，他们会神采奕奕地回到家，把手掌放在妻子的鼻子前，让她们闻到味道，自己却什么也不说，任凭她们联想到最坏的情况，或是因为某件根本不存在的丑闻干出荒唐事来。

[舞台后方传来阿玛利亚·佛罗里达演奏的忧伤的萨克斯曲。起初声音很低，逐渐升高，最后变得强烈，干扰了格拉西耶拉的独白。

他们喜欢在口袋里放张写着电话号码的纸，倒着写，不写名字，这样妻子把衣服送出去洗时就会发现。

[萨克斯的声音让她恼火，她大声喊起来：

妈的！让我说完！

[萨克斯的声音戛然而止。格拉西耶拉对着后面的房间说话：

让我说完，阿玛利亚·佛罗里达。还是说你永远都不想安息？

[停顿了一下，听着阿玛利亚·佛罗里达微

不可闻的答语,回应:

再吹一次?想都别想:这里不是台球室。

〔又听到了那个邻居的回答,然后继续愤怒地回应:

(对观众)你们听到她的话了吗?真是新鲜事。她让我说话别那么大声,说我打扰到她练习了。(对女邻居)不行,阿玛利亚·佛罗里达。这里从来就不是你家,从明天起也不会再是我的家了。所以赶紧见鬼去吧,让我安安心心地和丈夫说话。

〔沉默片刻后,她意识到音乐声不会再响起

了,于是带着发自内心的怜悯叹息道:

可怜的孤儿!

[独白继续。

你喜欢秘密,只要是你自己亲手编造的秘密你都喜欢,当然了。但如果它们是真实的,你就会坐立不安了。所以你像个逃犯一样闯进家门,直奔浴室,涂上你常用的浴液,这样就不会暴露你在外面洗澡时用的浴液的味道了,你没一分钟能安心,整天心神不宁的,电话铃一响你就打个寒战。不单单是你,所有男人都一个样。如果有一天,他们发现女人不知出于什么原因提起了行李箱,那是一些事让我们提前觉醒了,或者可能是我们也有属于自己的秘密，为什么不呢？那么只要女人直直地看向他们的眼睛，他们就会吓得要死。

[望向丈夫。

胆小鬼！

你从来就没学明白，当一个女人沉默不语时，你甚至不应该多看她一眼。你却老是反其道而行之：你如此害怕，变得从未有过地殷勤。另一方面，没有什么能像嫉妒一样让男人们变得勇敢。而厚颜无耻的最高境界就是：没有谁会比一个不忠的丈夫妒意更强。你好好想想吧。他们整个下午都和另一个女人在一起，回家后却发疯似的想知道妻子在他忙的那段时间里和谁通过电话。你比任何人都更清楚我说得没错。你好好想想吧，我从没问过你去了哪儿，要去哪儿，什么时间回家，你每次出门都连招呼也不打，回来之后却问东问西，说假话来套我的真话，顺便打听清楚我会去哪儿吃午饭，和谁一起吃，打算几点回家，这样你就知道和她去哪儿不会撞见我了。

可以预见，假如你听说我同时和六个文学圈的朋友一起做爱，会像疟疾发作一般颤抖。我是个被我所爱的丈夫训练成贞洁烈妇的女人！可以预见，要是有人把我同纳诺睡过觉的消息塞进你的脑袋，你肯定会头脑发热。太可怕了！人类所有的智慧都被用在了这些荒唐事上面。

[想了一会儿，调皮地笑了笑，换了种语气继续说了下去。

你想知道真相吗？比他们告诉你的还要更糟，比你脑子里的那些鬼想法还要更糟。

[长时间停顿。

好吧：
我——从没——跟他——上过床！
不是因为我不想，也不是因为我不敢，而是因为他和其他男人一样，也是个胆小鬼！
错误从一开始就是我犯下的，但我并不后悔。哪怕让我重来一次，我还是会那么做。那时候我们的生活中还没有这个十字架或那幅画——我妈妈总这么说——仍然过着最后那段穷困潦倒的日子，有一天，我起得很早，连给孩子喂奶都没起那么早过，我穿上了我的粉色花裙子，去见纳诺，尽管我甚至都不认识他，也没跟他约好。从我走进办公室的那一刻起，他就把我从头到脚瞅了个遍，一副猪油蒙了心的样子，像是用眼神脱光了我的衣服。这家伙！不过，我那时想的是，事情进展挺顺利。于是，我跟他东拉西扯了半天，最后不绕弯子，直接问他能不能给你一份工作。

我这辈子从没见过，也不会再遇到像他那么粗鲁的人。他直截了当地回答我，为了像我这样的女人，他能一口吞掉一条鳄鱼。他就像是读过莎士比亚一样！他还建议我下个星期二下班后独自坐服务电梯再去找他，这样下个星期三早上你就有一份工作了，你也就能彻底断绝和你父亲的联系了。他给了我各种各样的理由。说什么像你这样的男人肯定理解，自由之爱是推动世界进步的文明法则，说你跟他还是小伙子的时候，你们和贝拉马尔的那群男孩经常开着各自爸爸的车去叹息公园，在黑暗中交换女友。无论男女，大家都很高兴。

我没让他继续说下去。星期二晚六点，我按照他的指示乘坐服务电梯上了楼，用戒指刮了三下玻璃门，他本人就来给我开门了。

（开心地笑起来）他快吓死了！

他不停地乞求我的原谅，就差下跪了。他说他是鬼迷心窍才会把我想成那样的女人。恰恰相反：他很希望上帝赐给他一个像我这样的女人——为了能帮助自己的丈夫，甚至敢爬上断头台。在我说了许多安慰的话后，他告诉我，这当然不意味着他会反悔，明天你就可以凭你的能力和姓氏得到那份工作了。

（笑）啊，上帝呀，那个可怜的孤儿不得不听我教育他！我告诉他，当个男人是一回事，通过拒绝接受一个女人放弃名誉的行为来羞辱她是另一回事，更别提用名誉来压她了。为了给他最后一击，我对他说，作为一个男人，不只要懂得如何出价，还要懂得如何获取回报。（边说边开始轻快地脱衣服）我就像这样脱掉了我的粉色花裙子，脱掉了因为脱线而掉到脚后跟的袜子，脱掉了刚生育完的产妇穿的胸罩，那个可怜鬼除了用会议桌上的桌布把我裹起来，再也想不出别的办法了。现在，每次遇到他像个稻草人一样半死不活地坐在轮椅上时，我们俩都会露出同样的表情，不过他知道我知道他知道我知道，而且这个世界上压根儿没有什么消除糟糕记忆的良药。但那件事已经过去多久了？二十二年？二十三年？

可太有意思了！真他妈的有意思！

所以，事情就是这样，跟你五年前听到的蹩脚的流言蜚语不一样。当时你听到那些话后，真像是要来把我杀了。

（充满恶意地）相反，说真的，你应该给他一枪的人，其实是弗罗洛·莫拉雷斯。不是因为他怎么着，而是因为我。他是真正的君子。

在巴黎，你找过他，还曾漫不经心地对我说："可怜的弗罗洛·莫拉雷斯一个人在这里，没人陪他出门。"我试着猜测你话里的意思。你继续平静地说道："要不是因为咱们还得到布鲁塞尔去和朗珀迈尔的人——就是那些你觉得无趣的人——共进晚餐的话，我很想请弗罗洛一起去听星期六的音乐会。你觉得无聊，对吧？我觉得你在布鲁塞尔肯定很无聊。"我当然无聊，布鲁塞尔让我无聊,朗珀迈尔的人让我无聊,你有想法却不敢直说的做法也让我觉得无聊,吃饭的时候说另一种语言总是让我心烦,因为我老是害怕自己说不好,这会让我手脚僵硬。总之,你是为了达到你的目的,我也无须委屈自己了,于是我对你说,你自己去布鲁塞尔就行了。"你就说我因为天气糟糕感冒了,其实我会跟可怜的弗罗洛一起去听音乐会,咱们欠他很多次了。"我做得对吗?

好吧,现在一切都明了了:布鲁塞尔那个女人就是她,她坐的是我们后面的那趟航班。为了见她,你编造了那顿晚餐,因为你知道在有了前一次的经历后,我不会再愿意去布鲁塞尔了,那段经历太可怕了,更别提用法语跟人一起吃晚饭了。所以你就把我送到了弗罗洛·莫拉雷斯的怀抱里，还总是抱有幻想："你知道没什么危险：他来自另一个世界。"（嘲笑）哈，哈。

那是咱们第一次去巴黎，我看上去就像只没精打采的雌火鸡，努力模仿你或其他人的举动，好让自己不表现得像个乡巴佬。但是，同弗罗洛·莫拉雷斯在一起，我不仅度过了一个美妙的星期六，还成功地让他展现出了许多你身上欠缺的东西，这些东西改变了我的人生。

我不想做不公正的评价。我始终认为，没有人像你那样救赎过我。我的四个博士学位和两个硕士学位也做不到。当我们刚搬进这栋房子时，我甚至不知道烟灰缸和骨灰盒的区别。你温柔地向我展示这个世界，当时我觉得，这只可能是出于爱，现在看来，不过是虚荣心作祟罢了。

音乐方面就更不用说了：你带我从哥伦比

亚手风琴、圣多明各的梅伦盖舞、波多黎各海滨之夜轰鸣的布雷纳乐中汲取养分,让我尝到了巴赫、贝多芬、勃拉姆斯和巴托克的毒药,当然还有披头士,这五个以字母 B 打头的音乐家或乐队,没有他们,我就活不下去了。你让我明白了德彪西所说的"弹钢琴最难的是如何让人忘记它带有调音扳手",还有斯特拉文斯基说的"维瓦尔第曾五百次创作同一支协奏曲"。

可弗罗洛·莫拉雷斯在一夜之间教会我的东西正是我需要的,它们让我更充分地理解你教会我的东西:应该从原则上不信任那些让我们感到幸福的东西。必须学会嘲笑它们。要是不这么做的话,它们最终就会来嘲笑我们。

我知道你正在想什么。还是那回事:你觉得这是在故作风雅。(耸耸肩膀)啊!我也是这么想的。(笑)你知道那个野蛮人是怎么跟我说的吗?他说莫扎特根本不存在,因为他的音乐在不好听的时候听起来像海顿,好听的时候听起来则像贝多芬。

你可以把这一切当作沙龙里的闲话,随你喜欢。但我永远不会忘记他陪伴我的方式。他让我觉得我说的每一句话都是这个世界上最重要的事情,他让我觉得我做的每一件事对他来说都是一堂课。最重要的是,他不惧怕温柔。时间一小时一小时地过去,我慢慢相信,和他在一起的话,生活会更简单轻松。毫无疑问会比跟你在一起简单得多,尽管可能没那么有趣。

[讲着这些的时候,天已经慢慢变黑了。

那是个神奇的夜晚。太神奇了,以至于我一度担心,第二天你从布鲁塞尔回来,我再和你相处时,会觉得像置身荒岛。

音乐会结束后,我们一起去吃晚饭的时候,街道慢慢被一层发光的泡沫覆盖。我过了一会儿才明白下雪了,因为这是我第一次看到下雪。

[背景中出现了巴黎明亮的轮廓,舞台上开始飘雪。她穿上光彩夺目的皮大衣,戴上二十世纪二十年代的帽子。

他脱下鞋子,用鞋带把它们绑在一起,挂在脖子上。"你会得肺炎的。"我对他说道。"不会的,"他说,"雪是温的。"于是我也学着他的模样做了同样的事。

[脱下鞋子,如今已经身处暴风雪中了。

太美了!(幸福状)雪落在金色的穹顶上,落在桥下传出歌声、亮堂堂的小船上,整座巴黎城都在下雪,雪为他而下,也为我而下,在整个世界只为我们两人而下。

[开始唱起《小山之歌》①,伴着手风琴的乐声,在雪中翩翩起舞。她因幸福而疯狂,慢慢脱掉冬装,只剩下此前穿过的简陋的衣服。

[大雪一直下到了观众席。音乐飘荡在整个剧院里。

[雪中出现了晾衣绳和晾晒着的一件件衣服。

---

① 经典法语情歌,由让·雷诺阿、乔治·范·帕里创作。曾在让·雷诺阿执导的电影《法国康康舞》中作为配乐出现。

〔雪停后，穷苦女人打扮的格拉西耶拉筋疲力尽地坐回晾衣绳下的小凳上，语气中透出无法抑制的难过。又回到了残酷的现实。

我们到达酒店时，已经玩雪玩得没了力气，我突然生出一种想法：他会希望我邀请他去我的房间。给他杯酒，让他看看相册什么的，我也不知道，总之就是男人为了进女人的房间而发明的那些花招。然后我又想：他肯定和别的男人不一样。他肯定不是那种猴急的男人，他肯定也不是那种前脚刚问完姑娘是不是喜欢他，后脚就扭头朝着墙立刻睡着的男人。绝对不是！我肯定他跟别的男人不一样。此外，我很早就意识到，他并不像你口中那些与众不同的人那样，来自另一个世界。恰恰相反，他是个真正的男人。所以他并没有让我请他进房间。他在门口和我道别,在我的脸颊上吻了两下,他离开后,我从未感到那么孤独。第二天早上,一篮多到几乎盛不下的玫瑰花和早餐一起被送了上来,还附带一张他寄来的卡片,上面简单写了句:"真遗憾!"于是我明白了我一直都在抗拒明白的事情:在人生中的某个时刻,已婚女人也可以和别的男人上床,而这种行为算不得不忠。

[几乎是在不知不觉中,萨克斯练习又在隔壁房间开始了。还是老样子。随着音量逐渐增大,格拉西耶拉从迷茫中清醒过来,叹了口气。

啊,阿玛利亚·佛罗里达,再没别人能像你一样用现实来惩罚我了!

〔萨克斯的声音戛然而止。格拉西耶拉坚定地站了起来。

但现在一切都结束了。让过去吃屎去吧!

〔她扯下晾在铁丝上的干衣服,扔下舞台。天色慢慢亮了起来。最后,她把小凳也扔了,直到布景里几乎空无一物,天光大亮,后墙上挂着家族第一位侯爵的大幅肖像油画。
〔丈夫继续读着报纸。

我不想再和杜撰的纹章、冒牌委拉斯开兹画的假曾祖父的肖像、政客们纷纷收买选票的选举扯上关系了。这么多年来,我一直在安慰自己,幻想能有个面朝大海的休憩之所,和我那些喜爱文学的朋友远离如此之多的恐惧,一起生活。但现在不行:这也将成为一种延续过去的方式,而我不想再知道这个世界或这个时代的任何事情,也不想再知道任何能让我记起这一切的人的任何事情。包括我的儿子,也就是你的儿子。你听到了吗?比起其他人来,我更不想知道关于他的事情。

[换话题。

星期一,我打电话给他,借口问他坐哪班飞机过来,因为我再也忍不住了,想告诉他我的情况。答录机上有条自动应答信息,让我拨另一个号码。我在早上七点的时候把电话打了过去,接电话的是另一个人,一听声音就能猜到,八成是个金发裸体女人。她告诉我，是的，你的儿子和她睡在一起，但是他嘱咐过九点之前不要叫醒他。我告诉她我是他的母亲，她没好气地回答这不可能，因为你儿子是个无父无母的孤儿。

〔看了看腕表，急匆匆地道：

啊呀！快到点了！

〔跑下。淋浴声响起。格拉西耶拉提高嗓门，在浴室里继续独白，语气更加平淡。

（提高音量）好吧。我中午又给他打了电话，问他为什么觉得自己像个孤儿，他向我解释的那些话让人感觉你和我好像一直就没活过。

啊，不过他语气很好，没有冒犯的意思。天知道他到底想说什么！后来，他又跟我顺带一提："听着，妈妈，太遗憾了，我不能参加你们的银婚纪念典礼了，因为我今天下午要去芝加哥参加阿加莎的婚礼。"我问他阿加莎是谁，他说是他的女朋友，也就是早上接电话的那个女人，她要和别人做两三年夫妻，因为有婚约在先。

[淋浴声停了。格拉西耶拉穿着浴袍上，用电吹风吹干头发，开始穿为典礼准备的礼服。

可是，我非常焦虑，最后我对他说：在经过认真和令人心碎的考虑后，我已经决定要搬出去住了。这并非一时冲动，多年来我始终在思考这个问题。我尽可能地向他解释了原因，让他明白,两个人在分手时,或许没有谁对谁错可言。我觉得他听得有些着急,但是没有打断我,直到我讲到最后,他才说:"我觉得挺好,妈妈;把你新家的电话号码留给我,我从芝加哥回来之后给你打电话。"

[发光的椭圆形镜子再次出现在前景中。穿戴完毕后,格拉西耶拉把一盒首饰拿到假想的梳妆台上,然后坐在镜子前的小凳上化妆。此时她不再朝向丈夫了,而是对着镜中自己的形象。

[就在她化妆的时候,一个穿着制服的仆人半遮半掩地走上,几乎踮着脚走路。他开始在房间里摆放玫瑰花篮。从此时起,他将多次带着鲜花上台,最终这些花会铺满舞台的后部。

[到了某个时刻,剧场里的玫瑰花香会越来

越浓郁。

如果你能因为终结了整个家族的历史恶名而得到宽慰,那也很好。但就怕连这一点也做不到。你为了结束这种命运所做的唯一努力就是每天早上十点起床。但这也不是咱们该聊的,当然了。那么就聊聊:另,一,个,禁,忌,话,题。

谁能理解你?终其一生,你一直都在努力把身体从现实中抽离出来(模仿抽离的动作)。"忘掉它吧,我的爱人,别虚度光阴了。""把你的葡萄酒喝了,到梦里见天使去吧。"然后突然,砰的一声!

[做了一个把盘子扔到墙上的动作。大幕拉

开前打碎餐具的哗啦声又响了起来,并作为背景音一直持续到下一个段落结束。

你在四十八岁"高龄"第一次莫名其妙地发了脾气,把昂贵的餐具摔得粉碎。如果你是为了吓唬我,那可就适得其反了。对我来说,那种破碎声就像是种解脱,我希望这种愤怒的爆发会为你我之间新的亲密关系开辟道路。但现在咱们俩都能发现,这种希望并未成真。它只是一场苦心经营多年的闹剧的华丽谢幕:一地碎片。

[把首饰盒里的东西都倒在桌子上:一堆种类繁多、令人眼花缭乱的收藏品,如同海盗的宝藏一样。她挑出一条钻石项链,配上耳环和手镯,在镜子前戴上。

这些东西现在就像牙刷一样：私人所有，恕不外送。这是对我多年忍耐的奖赏。

[把最精美的首饰拿在手上欣赏。

这些都是家族财产。镶着钻石和珍珠的铂金和黄金头饰是第一任侯爵夫人在十八岁大婚时佩戴的。（试戴了一下）此后就再也没人戴过它，因为只有每一代的长女才有资格佩戴，可是这个家族再也没有女性出生。（试戴另一个）镶着十一颗祖母绿宝石的手链，（把它戴到脖子上）也可以当项链戴。（试戴另一个）订婚戒指：一颗蓝宝石，配两颗巴西出产的钻石。我本可以戴上它的，但我们当时没时间订婚。（试戴另一个）这是那串六圈珍珠项链，是你母亲临死才摘下来的。(把首饰全摘了下来,叹了口气)总而言之:一个海盗帝国留下的物什。

[镜子消失了。格拉西耶拉用双手把所有珠宝扔进首饰盒里,然后走进浴室,说道:

要是这些珠宝能在公开拍卖会上以慈善的名义被拍卖,那我没什么意见!但是让我把它们留在这里,让随便哪个贱女人毫不费力就穿戴享受它们?没门儿!

[短暂沉默之后,传来了冲厕所的声音。格拉西耶拉拿着空盒子走了出来,漫不经心地把它丢到了垃圾桶里。

冷静点。这不会让你比现在更狼狈。

而我,当然也不会再多花你一分钱。我是怎么来的,就怎么走,一只手在前,一只手在后,也没有狗会对我吠叫。但别让那个婊子以为我是被她逼走的。你想想看。多么肮脏的女人啊!我应该感谢她把我从可恶的幻觉中解救出来,让我意识到自己的命运如此卑微。我要走了,是为我自己走的,不为其他任何人,我受够了这种吝啬的命运,它给了我一切,唯独收回了爱情。

[给自己倒了杯酒,小口小口地喝着。

这不是我和你私奔时想要的东西,也不是我在这栋属于别人的房子里待了这么多年所等待的东西,我会一直寻找下去,直到我咽下最后一口气，无论我在哪里，无论我成了怎样的人，哪怕头顶上天塌了下来，我也在所不惜。要是婚姻只能给我荣耀和安全感，那就让它吃屎去吧：肯定还有其他办法。

[一对对身着正装的宾客开始从两侧入场，他们逐渐占据了玫瑰花篮之间的阴暗处，就像静止不动的影子，看不清面孔。他们会一直这样站着，直到本剧结束。

你已经看到了，我是如何应对亲密关系中出现的一场场无法补救的灾难的。好吧，我愿意再次挑战一切，甚至带着巨大的愉悦，只是为了帮你变老。但是，由于承受了如此之多，我已经不能再忍受日常幸福中隐藏的微小烦恼了，不能再忍受不知道你几点能回来而无法确定开饭时间之类的破事了,也不能再忍受鱼在烤箱里又死了两回,喝醉酒的客人们在地毯上滚来滚去等着你大驾光临了——如果你真的会来的话。我不能再忍受你来时显得那么落落大方,好像我才是那个迟到的人一样,或者更糟,好像我才是阻碍你来的人,你不用做什么,只要坐在钢琴前,或者开始玩牌,大家就会陶醉地伏倒在你的脚边,甚至连门厅里的那些大理石狮子好像都要开口唱起老歌了,它们唱"亚松森的酒,不是白酒,不是红酒,也不是别的颜色的酒",整整一夜,一遍又一遍,直到酒桶里一滴不剩。

(厌恶地)都结束了!

[情绪渐渐高涨。

我再也不能忍受你的满嘴谎言了，你总是气鼓鼓的，脸颊胀得比驼峰还大，然后再回问我："难道这不是真的吗，亲爱的？"而我必须像弥撒中的教徒一样，敲着钟说："是真的，亲爱的。"我再也不能忍受在我们的餐桌上出现政治犯了。我再也不能忍受那些废物公然诋毁我在文学圈的那些朋友了。我再也不能忍受在酒馆点一杯不加水的威士忌却被告知"应该是不加'苏打'，因为没有'水'了"之类的笑话了。我再也不能忍受你准备印度鸡肉的时候把厨房搞得一团糟了。我再也不能忍受你因为找不到喜欢的那件衬衫，而在大清早罗列自己的不幸了——衣柜里明明有两百件一模一样的衬衫，刚刚被熨平，还散发着香味。我再也不能忍受每次你一喝多了酒，一觉醒来就觉得呼吸困难，凌晨三点就得用上急救氧气瓶了。我再也不能忍受你抱怨找不到眼镜，抱怨玫瑰香味的卫生纸用完了。我再也不能忍受你把衣服满地乱丢：领带扔走廊里，外套扔客厅里，衬衫扔饭厅里，鞋子扔厨房里，内裤到处都是，你走到哪儿，灯就开到哪儿。又或者一觉醒来被吓个半死，以为发大水了，其实是你前一天晚上忘了关浴缸的水龙头，有时电视也忘了关，一直响着。世界都快完蛋了，你却还像个没事人一样，藏在那份报纸后面，看了一遍又一遍，就好像报纸上的新闻都是用奇怪的文字写的似的。我再也不能忍受你煞有介事地扮成女人，还往脸上抹这涂那的，像个弱智似的用拉肚子般的腔调唱着：

[拿起一把女士扇子，夸张地唱着那首歌。

我养了,

我养了一只小母鸡,

盼着她下蛋在家里,

唱啊唱,

她每天只是唱啊唱,

下蛋的事一点没提。

[生气地把扇子扔掉,拿起最近的火柴盒,想点支烟,但火柴盒是空的。没有停止独白,继续打开摆放在舞台不同位置的其他火柴盒,但都是空的。把一个火柴盒摔到了地上。

(大喊)我真受不了你这么心平气和的。操!

[停顿了一下,气喘吁吁,捋顺气息后,又

用平静的语气继续独白。

你都是快五十岁的人了,尽管你见证了人类登月,听了六套大提琴独奏曲,接受过如此多灵魂的荣耀,但你依然忽视了一点:我们人类还是跟狗没什么区别。我知道男人——当然还包括一些女人——是怎么看我的,他们远远地认出我,然后挤过人群向我走来,用一个对所有人来说似乎都再正常不过的吻来迎接我,但有时候它并不正常。怎么可能正常呢!大多数人这么做只是为了闻闻我,就像街上的流浪狗一样,我们女人有一种本能,能向某些人释放一种表示拒绝的气味,而向另外一些人释放表示同意的气味。在我们认识的人当中,在最亲密的朋友当中,每个女人都知道哪些男人获得了后一种气味,那些男人自己当然也心知肚明。整个群体就这样被这种潜规则捆绑在一起，这种规则从未被人提及，也许永远不会被人提及，但它就潜藏在那儿，时刻保持警戒状态，时刻可以被启用，以防万一。

［加快语速。

所以说等到那一天来临时，会有一个人足够爱我，能在我装睡时用爱意将我唤醒，在为我等待太久时踢开浴室的门，不害怕在某个月圆之夜变成吸血鬼，这个人能做到，不管在何地，不管以何种形式，也不一定总要像个死人那样躺在床上。这个人不会无缘无故就不和我做爱，哪怕我没主动表示也能心领神会，不管何时何地、情境如何，在桥下，在防火梯上，在飞机的厕所里，所有人都飞在大西洋中央的上空睡着了的时候，哪怕是在最黑暗的地方，或者在最盲目的尽头，那个人也总会知道我们是在一起的，是我，而不是其他人，我是唯一被上天派来带给彼此幸福，陪伴一生直到死去的人。

[陷入在火柴盒里找不见火柴的绝望中，她第一次走近丈夫，仿佛他只是另一件家具，她从他的口袋里掏出一个打火机。点燃香烟后，她对他说：

就算我找不到这样的人，那也无所谓。我宁愿永远自由自在地寻找这样的人，也不愿意惊恐地明白我一辈子只能爱一个人，不存在另一个我能去爱的人。你知道我一辈子只能爱一个的那个人是谁吗?

（在他身边喊叫）是你,你这个浑蛋。

[没有愤怒,没有恶意,就像在恶作剧般,她点燃了丈夫正在阅读的报纸。点燃后她就走远了几步,背过身去,直到独白结束时都没有意识到火势已经蔓延开来,而一动不动的丈夫正在被火焰吞噬。

是你:你这个可怜的魔鬼,在我出生之前,我就注定要赤身裸体和你私奔了,这个魔鬼熟睡时,我注视着他的呼吸,确保他还活着,确信他属于我,我查看他新生的每一寸肌肤,确保万无一失:没多一条皱痕,没少一个毛孔,没长出任何可以打破属于我的安宁生活的东西。

[当晚的第一首曼波舞曲在大型管弦乐队的伴奏下响起,音量越来越大,格拉西耶拉提高音量,好让大家听到她的声音。

因为我为我自己创造了他,参照早在我遇见他之前很久就存在于想象中的他的形象和模样,这样他就能永远属于我了,在这人间地狱里最伟大、最不幸的爱的火焰中得到净化和救赎。(用力大喊)妈的!

[转向那些看不见的演奏者。

让我说完!!!

[这是观众能听到她说的最后一句话。曼波

舞曲的音量越来越大,淹没了她的声音,将之从这个世界上抹去,而格拉西耶拉继续对着演奏者说着些没人能听清的话,对着阴影中的那些面无表情的客人比画着看不真切的威胁手势,她叛逆不屈,对抗生活,对抗一切,而麻木的丈夫刚刚化为灰烬。

幕落

墨西哥城，

1987 年 11 月

❋ ❋ ❋

本剧于 1988 年 8 月 20 日
在布宜诺斯艾利斯首次公演。

1994 年 3 月 23 日,
第四届伊比利亚美洲戏剧节上,
本剧于哥伦比亚国立剧院公演,
由波哥大自由剧院、国立剧院、
哥伦比亚文化学院
联合制作。

❋ ❋ ❋

✵ ✵ ✵

主演

劳拉·加西亚

舞台设计

胡安·安东尼奥·罗达

音乐设计

胡安·路易斯·雷斯特雷波

导演

里卡多·卡马乔

✵ ✵ ✵

2004 年，本剧在西班牙开始巡回演出，主演为安娜·贝伦。

演出时间和地点

2月13日、14日，桑坦德，节日宫剧院

2月15日、16日，毕尔巴鄂，阿里亚加剧院

2月19日、20日，赫雷斯，比亚马尔塔剧院

2月21日，圣费尔南多，宫廷剧院

2月24日、25日，马拉加，塞万提斯剧院

2月26日，哈恩，哈恩大剧院

2月27日，阿尔梅里亚，阿尔梅里亚会堂

3月5日、6日，阿利坎特，主剧院

3月7日、8日，阿尔瓦塞特，和平剧院

3月11日至5月2日，马德里，拉丁剧院

5月6日，韦尔瓦，韦尔瓦大剧院

5月7日、8日，加的斯，法雅剧院

图书在版编目（CIP）数据

向坐着的人指控爱情 /（哥伦）加西亚·马尔克斯著；侯健译. -- 海口：南海出版公司，2025. 2. -- ISBN 978-7-5735-0975-8

Ⅰ. I775.35

中国国家版本馆CIP数据核字第2024UE4010号

向坐着的人指控爱情
〔哥伦比亚〕加西亚·马尔克斯 著
侯健 译

出　　版	南海出版公司　（0898）66568511
	海口市海秀中路51号星华大厦五楼　邮编 570206
发　　行	新经典发行有限公司
	电话(010)68423599　邮箱 editor@readinglife.com
经　　销	新华书店
责任编辑	侯明明
特邀编辑	陈方骐　梅　清　吕宗蕾
营销编辑	李琼琼　杨美德　陈歆怡
装帧设计	尚燕平
内文制作	田小波
印　　刷	北京盛通印刷股份有限公司
开　　本	710毫米×980毫米　1/32
印　　张	3.5
字　　数	35千
版　　次	2025年2月第1版
印　　次	2025年2月第1次印刷
书　　号	ISBN 978-7-5735-0975-8
定　　价	39.00元

版权所有，侵权必究
如有印装质量问题，请发邮件至 zhiliang@readinglife.com

著作权合同登记号 图字：30-2024-130

DIATRIBA DE AMOR CONTRA UN HOMBRE SENTADO
by GABRIEL GARCÍA MÁRQUEZ
© Gabriel García Márquez, 1987, and Heirs of Gabriel García Márquez
All Rights Reserved.